VERS DV BALLET DV TRIOMPHE DE LA BEAVTE.

DANCÉ PAR MADEMOISELLE.

M. DC. XXXX.

VERS DV BALLET DV TRIOMPHE DE LA BEAVTE'.

PREMIER RECIT,

de deux Amours montez ſur le Cheual Pegaze.

LA Beauté, de qui nos apas
Ne ſont qu'vne foible peinture,
Nous a fait chercher icy bas,
Ou dans l'Art, ou dans la Nature
Tous ces rares objets des yeux & des Eſprits
Dont les nobles cœurs ſont eſpris.

La belle humeur, les agrémens,
Amour, la jeunesse, & les Graces,
Les charmes, les rauissemens,
Aujourd'huy marchent sur nos traces.
Et sous des fers dorez tiennent des Demi-Dieux
Que la gloire met dans les Cieux.

POVR MADEMOISELLE:

Representant la Perfection.

MOn front a de Iunon l'Auguste Majesté,
Mon Ame a tous les dons qu'on admire en
Minerue,
Et la Diuinité qui la Chypre conserue,
N'eut jamais tant que moy de grace & de beauté:
Mon sang de mille Dieux tire son origine;
On m'apelle parfaite, on m'estime diuine,
Et l'on ne peut rien mettre à ma comparaison;
Illustres Potentats de qui l'ame est charmée
Du seul bruit de ma renommée
Pourriez vous soûpirer auec plus de raison?

Pour Mes-Damoiſelles de Longueuille, de Breſé, de Sully, de la Villauclers, d'Eſteing, & du Vigean.

Repreſentans les belles Idées ſous les noms d'Andromede, Pſiché, Leucipe, Didon, Lucreſſe, & Zenobie.

ON a beau reſpandre des larmes,
Soûpirer, employer des charmes,
Faire des vœux, ou des ſermens.
L'orgueil dont noſtre ame eſt guidée
A nos plus illuſtres Amans
Ne promet du bien qu'en Idée.

Pour Meſſieurs le Comte de Brion, le Marquis de Maulevrier, le Baron de Langeron, & le Sieur de Verpré.

Repreſentans les quatre Elemens.

AVX DAMES.

DIgnes Objets dont les beaux yeux
Bleſſent les hommes & les Dieux,

Vostre gloire n'est pas commune:
Tout cede à vos apas charmans;
Vous disposez de la Fortune,
Et commandez aux Elemens.

Pour Monsieur le Comte de Brion,

Representant le Feu.

EN vain, belle Diane, un excés de Rigueur
Vous rend insensible à ma flame;
Amour ce Dieu puissant, qui regne dans mon cœur,
Veut en fin regner dans vostre ame.
Ainsi pour vous instruire en l'art de bien-aimer,
Cognoissant qu'un mortel ne pouuoit vous charmer;
Il fait une Metamorphose,
Et pour vous brusler seulement
Il me change en cest Element
Qui peut embraser toute chose.

POVR MONSIEVR LE VIDAME,

Representant la Nature.
Parlant à la Reyne.

IE n'ay plus rien de ces thresors
Dont se forment les plus beaux corps;

Il ne faut plus qu'on y pretende :
Objet de gloire couronné ;
C'est en vain que l'on m'en demande ,
Ie vous ay tout donné.

POVR MONSIEVR DE MEMON:

Representant l'Art.

IL n'est poins d'excellens Eloges
Que ma grace n'ait meritez ;
C'est moy qui bastis les Citez ;
C'est moy qui lime les Horloges ;
La Nature en mes nouueautez
Admire toutes les beautez
Où son antique soin s'ocupe ;
Et mes mains l'imitent si bien ,
Que par fois cette sage Dupe
Prend mon ouurage pour le sien.

POVR MONSIEVR LE COMTE de la Rocheguyon.

Representant vn Maistre des Mines.

CE n'est nullement l'auarice
Qui dans ce penible exercice

Me fait hazarder aujourd'huy:
Puis que l'or d'vne tresse blonde
M'est beaucoup plus cher que celuy
De toutes les Mines du Monde.

POVR MESSIEVRS LES MARQVIS de Sillery, de Chandenier, & de Themines, & les Sieurs Langlois & Iaquier.

Representans des Mineurs.

APres auoir montré nos mortelles attaintes
Auec tant de soûpirs, de larmes & de plaintes
Aux superbes Beautez dont nous sommes épris,
Il faut pour satisfaire à leurs rigueurs extreme,
Et triompher de leurs mespris,
Nous enterrer nous-mesmes.

POVR Mrs LE DVC DE LVYNES, & le Comte de Randan.

Representans deux Folets.

AVX DAMES.

NOus fuyons la melancolie;
Mais ne vous moquez pas de nous
Si nous paroissons vn peu fous,
La sagesse est vne folie.

POVR

POVR MONSIEVR LE COMTE de Roussillon.

Representant vn vendeur de Poudre.

PVis qu'il faut faire vn iour entier
Ce pauure & mal-heureux metier.
Amour, il faut bien s'y resoudre,
Mes Riuaux n'en seront pas mieux:
Car ie ne porte de la poudre
Que pour leur en jetter aux yeux.

POVR MONSIEVR DE MEMON:

Representant vne Vendeuse de Gans.

BEauté dont mon Ame est charmée:
Belle Philis si vous m'aimez,
Ne craignez point d'estre enrumée:
Receuez de mes gands, ils ne sont parfumez
Que de la seule odeur de vostre renommée.

302

POVR LE SIEVR HENAVT:

Representant vne Emailleuse.

CLoris, quel secret si nouueau
L'Art pourroit-il mettre en vsage,
Pour faire vn Email aussi beau
Que celuy de vostre visage?

POVR LES SRS D'ARRETS, DE SALNAVVE, & la Barre.

Representans les Graces.

A LA REYNE.

SOleil que veid naistre le fleuue
Où se couche l'Astre du iour;
Reyne, en qui Minerue se treuue
Mere pudique d'vn Amour;
Si l'on void aujourd'huy les Graces
Se presser de suiure vos traces,
Ce n'est pas vne nouueauté;
Les Cieux nous firent l'ordonnance
D'accompagner vostre beauté
Dés l'heure de vostre naissance.

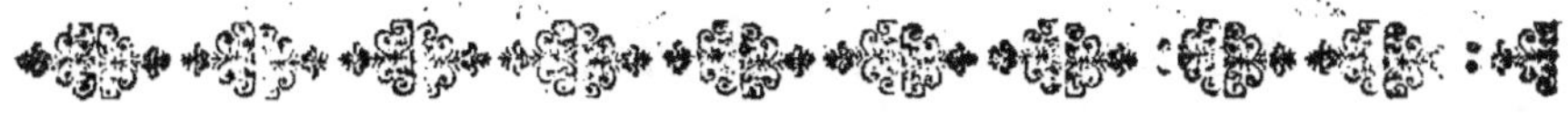

POVR LE S[R] LALVN, ET cinq petits garçons:

Repreſentans la Belle humeur & les agrémens.

AMour, tu nous dois tes Autels;
Nous donnons tous les coups mortels
Dont a faux tiltre tu te vantes,
Puis que l'on void beaucoup d'Amans
Reſiſter aux Beautez puiſſantes
Et ceder à nos agrémens.

POVR MONSIEVR LE COMTE de Sainct-Agnan.

Repreſentant vn Maiſtre de Muſique.

DIgne Chef d'œuure en qui les Cieux
Ont aſſemblé tant de merueilles;
Que i'aurois contenté d'oreilles
Sans le mal que m'ont fait vos yeux;
Ie ſuis fort ſçauant en Muſique;
Ie ſçay meſler la Cromatique

Dans des Chants pleins de nouueauté.
Mais ô trop charmante Vranie!
Le Concert de vostre beauté
Trouble toute mon armonie.

POVR LES SIEVRS BEAVBRVN, Peguin & Barbereau.

Representans vn Maistre à Dancer, vn de Guitere, & vn de Luth.

LEs Philosophes sont bien fous,
De qui le caprice jaloux
Nous bannist de leur Republique:
Quels crimes auons nous commis?
Les Tygres seuls sont ennemis
De la Dance & de la Musique.

POVR Mrs LE MARQVIS DE ROVVILLE, le Goix & sainct André.

Representans des Indiens.

NOus auons enleué dans la source du jour
Les Beautez les plus rares
Qui puissent reüssir à donner de l'amour
A des Ames auares.

O que les posseder est beaucoup s'asseruir!
Elles nous font courir fortune de la vie,
Car l'Europe en estant rauie,
Ne pense qu'à nous les rauir.

POVR LES SIEVRS HENAVT, ET BATISTE:

Representans deux Reuendeuses

AVX DAMES.

NOus portons mille raretez:
Mais nostre richesse est petite
Si l'on compare son merite
Auec l'esclat de vos beautez.

SCENE SECONDE.

RECIT DES CINQ SENS.

MInistres des plaisirs,
Nous flatons les desirs
Des Ames aux corps prisonnieres;
Et par l'effet de nos raports diuers
L'esprit en beaucoup de manieres
Comprend tout l'Vniuers.

Par nostre seul pouuoir
L'Ame peut conceuoir
La beauté de beaucoup d'images;
Les fleurs, les fruits, les sons & la couleur,
N'estoient nos differens messages
N'auroient point de valeur.

La Raiſon quelquesfois
Sous de ſeueres loix,
Tient noſtre puiſſance captiue.
Mais noſtre apuy la maintient icy bas;
Sans nous le plus ſage qui viue
Ne la cogneſtroit pas.

POVR MADEMOISELLE DE BOVRBON·

Repreſentant l'Admiration.

IE ſuis l'Emant des yeux, & le tourment des cœurs;
Il n'eſt point de glaçons que mon eſclat n'embraſe;
Ie cauſe d'vn regard de mortelles langueurs,
Et rauis par ma voix tout le monde en extaſe.

Ou ma bouche, ou mes yeux, mon viſage ou mes mains
Produiſent tous les iours des Miracles viſibles:
Ils oſtent le ſens aux humains,
Et ſemblent le donner aux marbres inſenſibles.

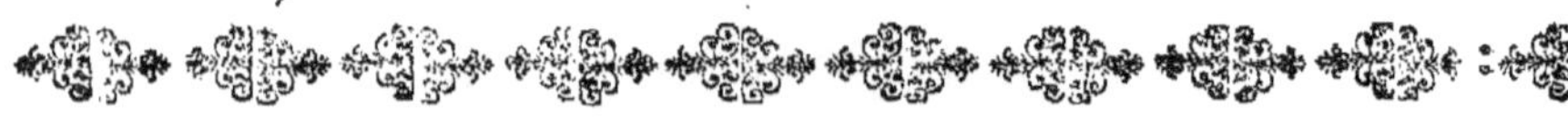

POVR MES-DAMOISELLES DE ROHAN, de Ramboüillet, de Vertus, de Sillery, & de Faurs.

Representans les belles Cognoissances, sous les noms de Polymnie, Clio, Melpomene, Thalie, & Caliope.

Toutes les plus belles matieres
Tombent sous le sens de nos yeux;
L'eau, la Terre, l'Air, & les Cieux
Sont du ressort de nos lumieres;
L'Ignorance a pour nous l'Amour
Que les Hyboux ont pour le iour,
L'esclat de nostre esprit l'outrage;
Mais nous manquerons de pouuoir,
Ou nous ferons creuer de rage
Ce Monstre qui hait le sçauoir.

POVR MONSIEVR LE MARQVIS de Tesmines, & les Sieurs Picot, Barbereau, & Molier.

Representans les quatre Vents.

AVX DAMES.

CHefs-d'œuures, Miracles des Belles,
GardeZ bien de blasmer nostre legereté,
Au bout de l'Vniuers nous portons sur nos ailes
Le renom de vostre beauté.

POVR M[rs] LES COMTES DE BRION, & de Fiesque:

Representans deux Peintres.

AVX DAMES.

CHaque trait de nostre pinceau
Merite vne gloire immortelle:
Et l'on n'a rien veu de si beau
Dans tous les Ouurages d'Apelle:
Mais l'éclat de vostre beauté
Rabat bien nostre vanité

Quand nous faiſons voſtre peinture
Et dans noſtre rauiſſement
L'Art confeſſe tacitement
Qu'il doit ceder à la Nature.

POVR LES SIEVRS BATISTE, & Henaut.

Repreſentans deux Bourgeoiſes qui ſe font peindre.

PEintres fameux de qui l'ambition
Sans ceſſe aſpire à la perfection,
Et met au iour des choſes immortelles.
Pour affranchir voſtre nom du treſpas
Vous n'auez rien qu'à ne nous flater pas,
Et nous peindre fort belles.

POVR LE SIEVR DE SOVVILLE.

Repreſentant vn Peintre ſerieux.

AMarille ne croyez pas
Que la force de vos apas

Puiſſe paroiſtre en mon ouurage.
Mais ô Miracle ſans pareil!
Ie vay peindre voſtre viſage
Comme on peint l'éclat du Soleil.

POVR LE SIEVR DE LA BARRE.

Repreſentant Mercure.

IE ſuis à la Beauté ce que l'ame eſt au corps:
Ie rends par mes faueurs les obiets adorables;
Et n'eſtoit le ſecours de mes diuins treſors
Les plus rares ſuiets ne ſeroient pas aimables.
Tout ce qui rauiſt & qui tuë,
Tout ce dont vn cœur eſt charmé,
Si mes celeſtes yeux ne l'auoient animé,
Ne ſeroit apellé qu'vne froide ſtatuë.

POVR M^RS LE DVC DE LVYNES, le Comte de Randan, le Marquis de S. Georges, & les Sieurs Iaquier, S. André, & Lalun:

Repreſentans des Extaſiez.

AVX DAMES.

O L'heureuſe priuation
Que cauſe vne perfection

Qui par tout allume des flames !
Cét effet nous semble bien doux ;
Nos corps sont priuez de leurs ames :
Mais elles sont auecques vous.

POVR LES SIEVRS BEAVBRVN, Barbereau, & Molier.

Representans la Magie d'Amour, & deux Immobiles.

PAr vn charme secret qui trouble la raison,
Et gouuerne à son gré l'esprit le moins docile ;
Aussi tost qu'on a beu d'vn amoureux poison
Le cœur demeure fixe, & le corps immobile.

POVR MESSIEVRS LES COMTES de S. Agnan & de Coligny.

Representans deux païsans changez en Courtisans.

NOstre changement fait cognestre
Combien l'Amour est vn grand Mestre,
Et qu'il fait souuent nostre Sort.
Car sans vne fatale veuë,
Nous aurions iusques à la mort
Fait la Cour à nostre Charuë.

POVR M^RS LE COMTE D'ANDELOT, & le Marquis de Coligni.

Representans deux vieillards changez en verds-galands.

O Que l'amoureuse Magie
Est d'vne puissante energie!
En voicy des effets parlans.
Cét Art rajeunit toutes choses;
Il change les glaçons en roses,
Et les Vieillards en Verds-gallands.

POVR LE SIEVR HENAVT.

Representant vn Poëte.

IE sçay treuuer de belles choses
Pour l'Amant & pour le guerrier.
Ie fais des guirlandes de roses,
Et des Couronnes de Laurier.
Ie n'ose parler à ma gloire;
Mais vn Heros, de qui l'Histoire
Reçoit son plus bel ornement;
Seroit bien capable de dire
Lequel vaut mieux d'vn monument
Fait de beaux Vers, ou de Porphire.

POVR LES SIEVRS HENAVT, & Picot.

Repreſentans vn chanteur & vne chanteuſe du Pont-neuf.

NOſtre voix charme les ennuys
Comme le chant d'vne Seraine;
C'eſt cette douceur plus qu'humaine,
Qui contre le bord de ſon puys
Atache la Samaritaine.

POVR LES SIEVRS LALVN, PEGVIN, & l'Anglois.

Repreſentans des Amans deſeſperez.

AMour ne nous eſt pas propice,
Et nous n'auons plus de raiſon:
Cherchons vn Fleuue, vn precipice,
Quelque fer, ou quelque poiſon:
Car pour finir noſtre ſupplice
Il faut rompre noſtre priſon.

POVR MESSIEVRS LE COMTE DE Fiesque, le Marquis de Maulevrier, & les Sieurs de Souuille, & la Barre:

Representans les Desirs temeraires.

Nous deuons prendre vn vol hautain
Dans vne ardeur desmesurée;
Si nostre trespas est certain,
Nostre gloire est bien asseurée.
Icare aprocha du Soleil
Malgré le timide conseil
D'vne affection paternelle.
Conçeuons le mesme discours;
Imitons-le dans nos Amours.
Il fit vne cheute mortelle:
Mais son audace fut si belle
Que l'on en parlera tousiours.

POVR MONSIEVR LE MARQVIS de Maulevrier.

Repreſentant vn Temeraire.

SI i'oſay trop, en vous aimant,
I'en fus puny dés le moment
Que ie brulay pour vous, adorable Siluie:
Car dés lors ie vis bien, par voſtre cruauté
Qu'en ſeruant vos beautés, la perte de ma vie
Seroit le iuſte prix de ma temerité.

POVR MESSIEVRS LES COMTES DE Rouſſillon, de Coligny, & de Chabot.

Repreſentant des Inquietez.

NOus n'auons repos iour, n'y nuit,
Amour en tous lieux nous pourſuit
Sans donner de treue à noſtre ame:
Et c'eſt l'exceZ de ce tourment
Qui nous rend pareils à la flame
Qu'on void toujours en mouuement.

POVR

POVR MESSIEVRS LE VIDAME le Marquis de Sillery, le Marquis de S. Georges, de Memon, Iaquier, & Molier.

Repreſentans des Cheualiers enflammez, portans vn Phenix ſur la teſte.

AMour ne promet point de prix
Au deſſein que nous auons pris:
Nous deuons bien ſeruir ſans pouuoir rien pretendre.
Nos cœurs ſeront epris, ils ſeront enflamez,
Nous ſerons conſumez:
Mais au moins des Soleils nous reduiront en cendre.

SCENE TROISIESME.

RECIT DE LA IOYE.

A LA REYNE.

IMAGE *des Diuinitez,*
Reyne que mille qualitez
De tout point rendent acomplie:
O que de graces ie vous doibs!
En faisant vn Dauphin, vous m'auez establie
Dans le cœur du plus grand des Rois.

Princesse que tous les mortels
Iugent digne de mille Autels
Par mille Vertus immortelles,
Puis que vos charmes sont si dous
Ie fay vœu desormais, ô Miracle des Belles,
D'estre tousiours aupres de vous.

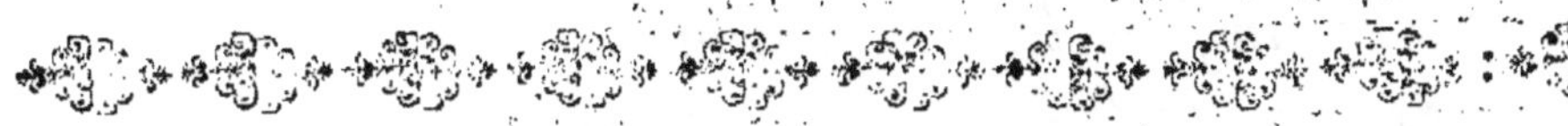

POVR MADEMOISELLE DE VANDOSME:

Repreſentant la Victoire.

Dans l'orage cruel qu'eſleuent les guerriers,
Ie rends à mon abord toutes les ondes calmes;
Et marche à l'ombre des Lauriers
Dans vn Char tout ſemé de Palmes.

Sans moy les Titans enragez
Dans le Ciel ſe ſeroient logez,
Le rendant l'Azile des vices.

Mortels peu cognoiſſans, ou peu deuotieux,
N'auray-ie point de ſacrifices,
Moy qui fais triompher les Dieux?

POVR MES-DAMOISELLES DE PRASLIN, de Fruges, de Bonneüil, Deſpeſſes, de Saconet, & d'Aubry.

Repreſentans les Cruautez aimables, ſous les Noms de Pantaſilée, Menalipe, Orythie Hypolite, Antiope & Taleſtris.

Nous lançons des traits aſſez rudes
Pour faire de grandes douleurs;

Nous causons les inquietudes,
Les cris, les soûpirs & les pleurs,
Mille Amans viuent miserables
Pour auoir ressenty nos coups:
Mais bien qu'ils se pleignenr de nous
Ils nous treuuent toujours aymables.

POVR Mrs LE BARON DE L'ANGERON, Souuille, le Goix, & sainct André.

Representans les quatre parties du monde.

AV ROY.

ROY qu'vne rare pieté
Rend si fort ennemy du vice;
Et de qui le bras indompté
Sert de suport à la iustice.
Monarque adorable icy bas,
GRAND LOVIS, nous ne sçauons pas
Qu'elle loy là haut est escrite.
Mais c'est le iugement de tous,
Que si l'on fait droit au merite
Nous deuons vn iour estre à vous.

POVR LE SIEVR DE VERPRE.

Representant la Force chargée de fers.

I'Ay soustenu le Ciel aussi bien comme Athlas;
I'ay finy les labeurs dont Hercule se vante:
Mais auiourd'huy les fers qui me chargent les bras
Font voir que contre Amour la Force est impuissante.

POVR MONSIEVR LE DVC de Luynes.

Representant vn Hercule filant.

O Secret des Destins qui m'estoit incognu!
O puissance d'amour fatale à ma memoire!
Ay-ie en tant de combas remporté tant de gloire
Pour me voir desarmer par vn enfant tout nu?
Apres auoir esteint des Serpens effroyables,
Apres auoir domté des Geants indomtables,
Rauagé les Enfers, & soustenu les Cieux;
Lors qu'il n'est point d'orgueil que ma valeur ne braue,
Ie ne puis resister aux trais de deux beaux yeux;
Et ie deuiens en fin l'Esclaue d'vn Esclaue.

POVR MONSIEVR LE MARQVIS de Monglas.

Representant Achille.

SI la Parque perfidement
De mes iours n'eust coupé la soye,
Mon amoureux embrasement
Eust empesché celuy de Troye.

POVR MONSIEVR LE MARQVIS d'Andelot :

Representans Marc-Anthoine.

O Nil que pour suiure ta Reyne
Ie m'aquis de honte & de peine !
I'en ateste tous les Romains.
Anthoine deuoit-il pas estre
Le Maistre de tous les humains,
Si l'Amour n'eust esté son Maistre ?

POVR MONSIEVR LE MARQVIS de Chandenier.

Representant Roland.

I'Ay domté l'orgueil de vingt Rois,
I'ay fait les destins & les loix
Et de l'Asie & de l'Afrique:
I'ay veincu dans mille combas:
Mais vn seul regard d'Angelique
M'a fait mettre les armes bas.

POVR LE PETIT SALNAVVE.

Representant la Sagesse.

QVe d'vne infernale vapeur
Il s'esleue mille tempestes;
Que le Ciel tombe sur nos testes,
Ie n'en auray iamais de peur.
La Fortune a beau tout destruire,
Ses coups tombent loin de mes yeux;
Sa Cholere ne sçauroit nuire
A la Fauorite des Cieux.

POVR MONSIEVR LE COMTE de la Rocheguyon.

Reprefentant la Fortune.

I'Ay perdu cette humeur qui des fceptres fe ioüe,
Et confond le malheur & la profperité:
Ie n'ay plus d'inconftance & d'inégalité,
Les Vertus de LOVIS ont affermy ma roüe.

POVR MONSIEVR LE VIDAME

Reprefentant Polipheme.

L'Amour retenoit ma malice
Auant que le fubtil Vliffe
Priuaft mon œil de la clarté.
Mais à quel point fe fuft portée
Ma cruelle brutalité,
Sans le refpect de Galatée?

POVR

POVR LES SIEVRS DE MEMON, l'Anglois & Molier.

Repreſentans des Satyres.

NOus auons veu mille fois
La chaſte Reyne des Bois
Parmy ſa troupe fidelle;
Mais elle n'eſt pas ſi belle
Que la Reyne des François.

POVR MESSIEVRS LES COMTES de Brion, de Fieſque, de Rouſſillon; & les Sieurs de Souuille, le Goix, & Iaquier.

Repreſentans trois Inſenſez & trois Inſenſées.

LA raiſon ne gouuerne pas
Le cours incertain de nos pas,
Noſtre langue ny noſtre geſte:
Mais ſi nous ſommes innocens,
C'eſt au moins, vn poiſon celeſte
Qui nous a fait perdre le ſens.

POVR LES S[rs] DE VERPRE, S. ANDRE Henaut, & Batiste.

Representans vn vieux Gentil-homme, vn Bourgeois, vn Iuge, & vn Païsan.

D'Vne puissance tirannique
L'Amour dessous les mesmes loix
Renge le Noble, le Bourgeois,
Le Magistrat, & le Rustique.

RECIT DE LA BEAVTE,

Suiuie de tout le corps de la Musique.

IE suis vn beau recueil de ces diuines choses,
De qui le doux objet fait par tout des Amans;
Mon teint n'est composé que de lys & de roses,
Et mes yeux ont l'esclat des plus beaux Diamans.
Aussi de tous costez alumant les Desirs,
I'obtiens de mille cœurs des vœux & des soûpirs.

Amour ſans ma faueur n'auroit point de puiſſance,
Ie ſuis de ſa grandeur le premier fondement;
I'eſtablis en tous lieux ſa douce violence,
Et chacun le reçoit à me voir ſeulement.
Auſsi dans l'Vniuers, & là haut dans les Cieux,
Ie le fais triompher des humains & des Dieux.

FIN.

www.ingramcontent.com/pod-product-compliance
Lightning Source LLC
LaVergne TN
LVHW010010230826
846092LV00002B/743

9782329650180